PUMP PRYSUR

TWM
YN
HELA
CATHOD

PUMP PRYSUR

Twm   Ani   Dic   Siôn   Jo

Y fersiwn Saesneg

Hawlfraint y testun © Hodder & Stoughton, 1956

Hawlfraint yr arlunwaith © Hodder & Stoughton, 2014

Mae llofnod Enid Blyton yn nod masnach sydd wedi'i gofrestru gan Hodder & Stoughton Cyf

Cyhoeddwyd y testun gyntaf ym Mhrydain Fawr yn nhrydydd rhifyn Cylchgrawn Blynyddol Enid Blyton yn 1956. Mae hefyd ar gael yn 'The Famous Five Short Stories' sydd wedi'u cyhoeddi gan Lyfrau Plant Hodder. Wedi'i gyhoeddi gyntaf yn yr argraffiad hwn ym Mhrydain Fawr gan Lyfrau Plant Hodder yn 2014.

Mae hawliau Enid Blyton a Jamie Littler wedi'u cydnabod fel Awdur a Dylunydd y gwaith hwn. Mae eu hawliau wedi'u datgan dan Ddeddf Hawlfreintiau, Dyluniadau a Phatentau 1988.

Y fersiwn Cymraeg

Y cyhoeddiad Cymraeg © Atebol Cyfyngedig, Adeiladau'r Fagwyr, Llanfihangel Genau'r Glyn, Aberystwyth, Ceredigion SY24 5AQ

Cyhoeddwyd gan Atebol Cyfyngedig yn 2015

Addaswyd i'r Gymraeg gan Manon Steffan Ros

Dyluniwyd gan Owain Hammonds

Golygwyd gan Adran Olygyddol Cyngor Llyfrau Cymru

www.atebol.com

Enid Blyton

PUMP PRYSUR
TWM YN
HELA CATHOD

Addasiad Cymraeg gan **Manon Steffan Ros**
Arlunwaith gan **Jamie Littler**

@ebol

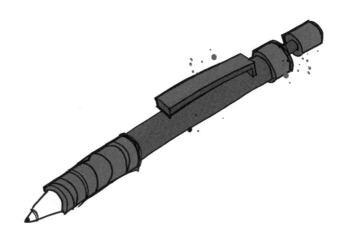

CYNNWYS

Pennod 1	7
Pennod 2	13
Pennod 3	21
Pennod 4	31
Pennod 5	39
Pennod 6	47
Pennod 7	57
Pennod 8	71

'Be ydi'ch cynlluniau chi heddiw?' gofynnodd
Anti Jini i'r **Pump Prysur**.

Cododd pawb eu pennau o'u llyfrau –
heblaw Twm, oedd yn cnoi asgwrn.

'Mi fyddai'n gwneud lles i ni fynd am
dro,' atebodd Siôn. 'Ond mae'r gwynt yn fain
heddiw. Hen fis llwm ydi Ionawr, oni bai ei bod
hi'n bwrw eira, neu'n ddigon oer i sglefrio.'

7

'Ond does 'na ddim eira na rhew, dim ond hen wynt oer,' cwynodd Ani. 'Rydw i am aros yn y tŷ yn **darllen fy llyfrau Nadolig.**'

'O na, mae'n *rhaid* i ni fynd allan,' meddai Jo yn syth. 'Be am Twm? Mae'n bwysig ei fod o'n mynd am dro.'

Cynhyrfodd Twm wrth glywed hynny. **Am dro!** *Ha* – dyna'r union beth **roedd o ei eisiau!** Cododd a brysio at Jo, gan udo'n gwynfanllyd.

Mwythodd Jo y ci. 'O'r gorau, Twm – mi gaiff Ani aros yma efo'i llyfrau, ac fe awn ninnau am dro hir.'

'Hoffech chi fynd i'r **sinema** ym **Mhant-du?**' gofynnodd ei mam. 'Mae 'na ffilm dda yno heddiw – ffilm am fywyd mewn syrcas. Mi bryna i docynnau i chi i gyd, os liciwch chi.'

'Mam – wyt ti'n trio **cael gwared arnom ni?'** holodd Jo.

'Wel, ydw, a dweud y gwir,' chwarddodd ei mam. 'Mae rhai o ffrindiau dy dad yn dod yma heno, a byddai'n haws petaech chi'n mynd o'r tŷ.'

'*Wela i*,' meddai Jo. 'Gwyddonwyr fyddan nhw, mae'n siŵr. Waeth i mi fynd allan. Mae'n gas gen i fod yn y tŷ pan fydd ymwelwyr yn dod. Mae arna i ofn dweud dim rhag ofn i mi gael ffrae am greu twrw!'

'Paid â gor-ddweud, Jo,' dwrdiodd ei mam. 'Wel, Siôn, hoffet ti fynd i'r sinema?'

'Wrth gwrs, ac rydach chi'n glên iawn yn cynnig prynu'r tocynnau i ni,' atebodd Siôn. 'Wn i – be am i ni **gerdded** i **Bant-du** er mwyn cael mymryn o awyr iach, a **dod yn ôl ar y trên?**'

'Syniad da,' cytunodd Dic. 'Dwi angen mynd am dro, ac edrychwch ar Twm yn ysgwyd ei gynffon – mae o'n bendant yn hoffi'r syniad!'

PENNOD DAU

Y pnawn hwnnw, dechreuodd y ffrindiau **gerdded** i **Bant-du**. Chwythodd y gwynt rhewllyd i'w hwynebau, ond cynhesodd pawb mewn dim wrth gerdded, ac roedd Ani, hyd yn oed, yn mwynhau ei hun.

Roedd Twm wrth ei fodd, wrth gwrs. Roedd o'n llawn bywyd, ac yn llamu'n llawen wrth fynd. Ysgydwodd ei gynffon hir ac ysgyrnygu ar ddail crin fel petaen nhw'n llygod mawr. Syllai'r ffrindiau arno.

'Twm bach,' meddai Ani. 'Mae'n siŵr ei fod o'n hwyl cael bod yn gi, a rhedeg i bob man ar **bedair coes** yn lle **dwy!**'

Hanner ffordd i Bant-du, daeth y plant at **dŷ mawr**, unig o'r enw **Bryn Llwm**. Tu hwnt i'r giatiau roedd lôn fach a arweiniai at y tŷ, ac ar ben un o byst y giatiau eisteddai **cath FAWR, ddu.** Edrychodd i lawr ar Twm yn ddrwgdybus.

Pan welodd Twm y gath, stopiodd yn stond a syllu arni. **Cath** – clamp o un oedd hi, hefyd! Ond roedd hi fymryn yn **rhy uchel** iddo ei chyrraedd.

Llamodd Twm o gwmpas y postyn gan gyfarth yn wyllt. Dylyfodd y gath ei gên a dechrau llyfu ei phawen, fel petai'n dweud, 'Hen greadur budr, drewllyd! Dwi am ei anwybyddu o.'

Ond roedd Twm yn medru neidio'n uchel, a chafodd y gath fraw wrth ei weld yn neidio tuag ati. Hisiodd y gath, a phoeri.

'**Rho'r gorau iddi, Twm,**' dwrdiodd Jo. 'Dwyt ti **ddim** i **hela cathod. Tyrd yma!**'

Poerodd y gath eto. Roedd hynny'n ormod i Twm, a neidiodd yn uwch nag erioed, gan ddychryn y gath. Neidiodd hi oddi ar ei phostyn a llamu i'r perthi wrth y tŷ.

Brysiodd Twm **ar ei hôl,** gan gyfarth. Gwaeddodd Jo arno, ond chymerodd y ci ddim sylw o gwbl.

'**Ci drwg**,' gwaeddodd Siôn. 'Mi fydd wrthi am hydoedd yn chwarae mig efo'r gath yna. Mi ddylai o fod **wedi dysgu erbyn hyn** na fydd o byth yn **medru dal cath!**'

'Bydd rhaid i mi fynd ar ei ôl o,' meddai Jo. 'Gobeithio nad oes 'na **arddwr blin** yna!'

'Ddown ni efo ti,' dywedodd Siôn. 'Dewch – mi fedra i glywed Twm, ac mae'n swnio fel petai o wrth y tŷ.'

PENNOD TRI

I mewn â nhw drwy'r giât ac i lawr y lôn fach.
Oedd, roedd Twm yno, yn cyfarth wrth fôn hen
goeden.

'Mi fetia i fod y gath yn eistedd ar gangen
yn tynnu stumiau arno fo,' meddai Siôn. 'Galwa
arno fo, Jo.'

'Twm, **Twm!** Tyrd yma **ar
unwaith!**' galwodd Jo. Ond wnâi'r ci ddim
gwrando.

Wrth i'r criw gyrraedd at Twm, ac wrth i Jo ymestyn am ei goler, neidiodd y gath o'r goeden a gwibio i gefn y tŷ. Rhuthrodd Twm ar ei hôl, gan gyfarth yn wyllt.

'**O na!**' ebychodd Jo yn ofidus. 'Mae pwy bynnag sy'n berchen y tŷ yn siŵr o ddod allan cyn bo hir!'

Rhedodd y criw ar ôl Twm a dod at
iard fach, gyda lein ddillad, dau neu dri bin
sbwriel a chwt glo ynddi. Safai'r gath ar ben y
cwt glo, yn teimlo'n saff rhag crafangau Twm
o'r diwedd.

'Ci drwg! **Gad lonydd** i'r gath yna!' meddai llais blin, a throdd y pedwar. Yno safai dynes fach dwt, mewn côt drwchus a sgarff ar ei phen. Roedd ganddi fasged yn ei llaw ac ynddi botel o laeth a jar.

'Mae'n ddrwg iawn gen i am y ci,' meddai Jo, gan afael yng ngholer Twm. Trodd at y ci yn flin. **'Rhag dy gywilydd di, Twm! Ci drwg – ci drwg iawn!'**

Edrychodd Twm yn drist at Jo, a llyfu ei llaw. Gwgodd y ddynes fach arno.

'Ges i andros o fraw wrth weld eich hen gi'n rhuthro i'r iard fel peth gwyllt,' cwynodd. 'Gweld **Mabli'r gath** yn gwibio heibio, yna'r **ci!**'

'Gobeithio na wnaeth yr holl gyfarth ddychryn y bobol yn y tŷ,' meddai Siôn.

'**Be ddywedoch chi?**' holodd yr hen wraig, gan roi ei llaw y tu ôl i'w chlust er mwyn medru clywed yn well. '**Rydw i braidd yn fyddar.**'

'GOBEITHIO NA WNAETH YR HOLL GYFARTH DDYCHRYN Y BOBOL YN Y TŶ,' meddai Siôn eto, gan weiddi.

'O, **does neb adre,**' eglurodd yr hen wraig, gan dynnu'r caead oddi ar y botel laeth. 'Aeth Miss Ela ddydd Llun, ac wedyn yr **hen fodryb i'w dilyn hi ddoe.** Rydw i wedi dod yma i fwydo'r gath. Dyma ti, Mabli, tyrd i gael dy laeth, ac mi gei di bysgod i ginio. Daliwch eich gafael yn yr hen gi yna.'

Gwagiodd y jar o bysgod yn un fowlen, a rhoi ychydig o laeth yn un arall. Syllodd y gath ar y wledd, ond feiddiai hi ddim dod i lawr o do'r cwt glo.

'MI AWN NI Â TWM O 'MA
RŴAN,' gwaeddodd Dic.

'Be ddywedoch chi?' holodd
y wraig. 'O ia – i ffwrdd â chi. Bydd
Mabli'n siŵr o ddod i nôl ei bwyd wedyn.
Mae'n rhaid ei bod hi
ar lwgu.'

PENNOD PEDWAR

Cerddodd y plant i flaen y tŷ, a Jo'n dal yn dynn yng ngholer Twm drwy'r adeg.

'Dyna ryfedd! Mi fedra i **glywed lleisiau,**' meddai Ani wrth i'r criw fynd am y lôn. 'Wyt ti'n clywed rhywbeth, Dic?'

'Ydw,' atebodd Dic mewn penbleth. 'Ond does neb yma.'

Stopiodd pawb a chlustfeinio. 'Mae'n swnio fel **sgwrs uchel,**' meddai Siôn. 'Ydi o'n dod o'r tŷ?'

'Mi glywaist ti be ddywedodd yr hen wraig – **mae'r tŷ'n wag,**' dywedodd Jo. 'Rhaid bod 'na rywun yn cael sgwrs ar y lôn.'

Ond doedd dim smic i'w glywed pan gyrhaeddon nhw'r giât. 'O wel, mae'n siŵr mai garddwyr oedd yna, yn y coed wrth y tŷ,' meddai Dic. 'Dewch, dyden ni ddim am golli dechrau'r ffilm.'

Cyrhaeddodd y criw y
sinema wrth i'r ffilm am y syrcas
ymddangos ar y sgrin. Roedd hi'n ffilm
dda, a chafodd pawb amser penigamp.

Aeth y plant i nôl Twm oddi wrth y dyn clên oedd yn gweithio yng nghefn y sinema.

Roedd pawb eisiau bwyd, ac roedd y cacennau yn ffenest y caffi gyferbyn â'r sinema'n tynnu dŵr o'u dannedd.

'Mi bryna i de i bawb, ond Jo, dwyt ti ddim i **fwyta** mwy na **chwe chacen!'** chwarddodd Siôn, gan ysgwyd y pres yn ei boced. 'Mi gei dithau gacen hefyd, Twm.'

Cafodd pawb de hyfryd, a hufen iâ bob
un. Llowciodd Twm gacen a bisged, a llyfodd
bowlen hufen iâ Jo'n lân.

'Ew, wn i ddim a fedra i gerdded i'r orsaf!' meddai Dic. 'Rydw i mor llawn! Be sy'n bod, Jo?'

'Dwi newydd sylweddoli – mae Twm wedi **colli'r bathodyn** oddi ar ei goler,' atebodd hi. 'Yr un efo'i enw a'i gyfeiriad arno. **O na!** Dim ond wythnos diwetha brynais i'r **un newydd.**'

'Gwell i ni frysio os ydan ni am ddal y trên,' meddai Siôn, gan edrych ar ei oriawr.

PENNOD
PUMP

'Rydw i'n mynd i **gerdded adref,**' meddai Jo. 'Mae gen i fflachlamp, ac efallai y do' i o **hyd i fathodyn Twm.**'

'Nefoedd annwyl, Jo!' cwynodd Dic. 'Paid â dweud bod rhaid i ni gerdded yn y tywyllwch yn chwilio am yr hen fathodyn yna? Am syniad gwirion!'

'Mi a' i a Twm,' atebodd Jo. 'Ewch chi ar y trên.'

'Fedrwn ni ddim gadael i chi gerdded adre ar eich pennau eich hunain,' meddai Siôn. 'Wn i – mi a' i efo Jo, ac mi gaiff Dic ac Ani fynd ar y trên.'

'Dim diolch,' meddai Ani. 'Mi ddo' innau hefyd. Dwi'n meddwl 'mod i'n gwybod lle **collodd Twm ei fathodyn** – yng **ngerddi'r tŷ mawr** yna! Ydach chi'n cofio pan neidiodd Twm at y gath yn y goeden? Mi gydiodd ei goler o mewn cangen – dwi'n siŵr mai yn fan'no mae'r **bathodyn.'**

'Digon bosib,' cytunodd Jo. 'Mae Twm wedi bod yn niwsans heddiw, dwyt Twmi? Gobeithio na fydd y gath yn yr ardd.'

'Mae gen i ddarn o linyn – clyma fo wrth goler Twm.' Estynnodd Dic y llinyn o'i boced. '**A dal dy afael** ynddo fo, Jo! Ydan ni'n barod?'

Roedd hi'n noson serog, glir. Prin roedd y criw angen y fflachlampau ar ôl iddyn nhw arfer â'r tywyllwch.

O'r diwedd, daeth y plant i **Fryn Llwm**, a sefyll wrth y giatiau.

'Dyma ni,' meddai Dic, gan bwyntio'i fflachlamp at yr ardd. 'Os ydan ni'n edrych yn y llefydd lle roedd Twm bore 'ma, rydan ni'n siŵr o ddod o hyd i'r bathodyn.'

'Cofia di fihafio, Twm,' meddai Jo, gan ddal yn dynn yn y llinyn.

I ffwrdd â nhw i lawr y lôn at y tŷ, ac ymhen ychydig, stopiodd pawb yn stond. **'Rydw i'n clywed lleisiau eto,** wel, **rhai gwahanol** tro 'ma, ond mi fedra i eu **clywed** nhw, yn bendant,' meddai Ani mewn syndod. 'Pwy yn y byd fyddai allan yn yr ardd yn cael sgwrs yr adeg yma o'r nos?'

'Dim syniad!' atebodd Dic. 'Dewch – awn ni at y **goeden wrth y drws ffrynt. Mae'n siŵr mai dyna lle fydd y bathodyn!'**

Aeth y criw at y drws, a'r **lleisiau i'w clywed o hyd.** Plygodd Ani at y llawr a rhoi bloedd. **'Dyma fo. Mae'r bathodyn yn yr union le ro'n i'n meddwl** y bydda fo!'

'Go dda!' meddai Jo, gan roi'r bathodyn yn ôl ar goler Twm.

'Mi fedra i glywed **sŵn canu** rŵan!' meddai Dic, gan glustfeinio. 'Mae hyn yn rhyfedd iawn.'

'Mae'n siwr mai **radio** ydi o,' awgrymodd Ani. 'Ydi, mae o'n swnio fel radio.'

'Ond does 'na ddim tŷ arall yn ddigon agos i ni fedru clywed ei radio,' atebodd Siôn.

Tawelodd y llais canu, a daeth **sŵn band** i **lenwi'r awyr. 'Dyna chi,'** meddai Ani. **'Radio ydi hwnna, yn bendant!** Does 'na 'run band yn chwarae yn yr oerfel a'r tywyllwch.'

'Yn hollol,' meddai Siôn mewn penbleth. 'Ydych chi'n meddwl bod y sŵn yn **dod o'r tŷ** – o **Fryn Llwm?**'

'Ond does 'na neb *yno*,' atebodd Dic. 'Dyna ddywedodd yr hen wraig bore 'ma wrth fwydo'r gath. A phetai rhywun wedi anghofio diffodd y radio, byddai hi wedi clywed y sŵn ac wedi mynd i mewn i'r tŷ i'w ddiffodd.'

'Na fyddai,' meddai Jo.

'Pam?' holodd Dic mewn syndod.

'Am ei bod **hi'n fyddar!'** atebodd Jo. 'Roedd hi'n rhoi ei llaw tu ôl i'w chlust er mwyn clywed yn well, doedd? *Dwi'n* bendant **bod y sŵn** yn dod o'r tŷ.'

'Be os oes rhywun wedi torri i mewn ac yn cael coblyn o barti yno – yn bwyta'r holl fwyd, cysgu yn y gwlâu, ac yn gwrando ar y radio?' gofynnodd Ani.

'Mae'n ddirgelwch,' meddai Siôn. 'Fedra i ddim dychmygu unrhyw un yn mynd ar ei wyliau ac yn anghofio diffodd y radio – mae'n rhaid ei fod o'n uchel i ni fedru ei glywed o'r ardd. Efallai y dylen ni gael cip sydyn – mae'n swnio fel petai'r sŵn yn dod o'r ochr draw – dewch.'

Daeth sŵn hisian o'r berth, a chododd clustiau Twm yn syth. **Yr hen gath yna eto!**

'Dal dy afael ar Twm – dacw'r gath,' dywedodd Siôn, gan bwyntio'i fflachlamp ar Mabli. 'Dewch, awn ni i gael golwg ar y tŷ.'

Wedi troi'r gornel, roedd teras gyda
grisiau'n arwain at yr ardd dywyll. Roedd
y **gerddoriaeth** i'w chlywed yn
llawer uwch yno.

'Wel, mae'r sŵn **yn sicr** yn dod o'r tŷ,' meddai Siôn. 'Ond o **ba stafell?** Mae'r holl le fel y **fagddu!**'

PENNOD SAITH

Roedd Siôn yn llygad ei le! Doedd dim golau i'w weld yn unman. Pwyntiodd Siôn ei fflachlamp at bob un ffenest yn ei thro. Roedden nhw i gyd ar gau, ac edrychai'r tŷ yn gwbl wag.

'Mae cangen o'r **goeden** fan'cw yn cyrraedd at y **balconi,'** sylwodd Dic. 'Mi ddringa i'r gangen, ac os ydi'r llenni'n agored, bydda i'n medru defnyddio fy **fflachlamp** a **gweld** os oes rhywun yn y tŷ.'

I fyny â Dic wrth i'r lleill ddal eu fflachlampau er mwyn iddo gael golau wrth ddringo'r goeden.

O'r diwedd, **cyrhaeddodd y**
balconi a chynnau'r fflachlamp. Roedd
y llenni ar agor, a gallai Dic graffu trwy wydr
y drysau mawr.

'Mae'r **radio** yn y **stafell yma!**'
galwodd. 'Dwi'n ei glywed o'n glir. Mae'r sŵn yn
ddigon uchel i wneud i'r gwydr grynu. **O!**'

'**Be sy'n bod?**' galwodd pawb wrth glywed
cyffro yn llais Dic.

'Mae rhywun yna – yn gorwedd ar y llawr!' atebodd Dic. 'Ond fedra i ddim gweld yn iawn. Mae o'n hollol lonydd. Mi gura' i'r gwydr i weld a fydd o'n fy nghlywed i ...'

Clywodd y criw sŵn curo, ac yna llais Dic unwaith eto. 'Mi symudodd y person ryw fymryn. Pwy yn y byd sydd yna? Mae'n rhaid ei fod wedi brifo, ond mae'r drws ar glo felly fedra i ddim mynd i mewn. Trowch y lampau ar y goeden eto, plis – dwi'n dod i lawr.'

Brysiodd Dic i lawr y goeden, a rhuthrodd pawb ato mewn cyffro. 'Rhaid i ni fynd i mewn i'r tŷ,' meddai Dic. 'Dwi'n siŵr fod y person yna wedi'i frifo, neu'n sâl.'

'Ond pam ei fod yn y tŷ?' holodd Siôn mewn rhyfeddod. 'A sut yn y byd awn ni i mewn?'

'Gwell i ni drio'r holl ddrysau,' meddai Dic. 'Dyna ddrws yr ardd – na, mae o ar glo. Dewch draw i **ddrws y gegin.** Mae'n debyg y bydd hwnnw ar glo hefyd.'

Ond doedd o ddim! Agorodd
y drws yn syth, a brysiodd y pump i mewn i'r tŷ,
a Twm yn llawn cyffro.

Roedd sŵn y radio'n llawer uwch wrth
iddyn nhw **groesi'r trothwy.**

'Dewch i fyny'r **grisiau,** meddai Dic. 'Ddown ni o hyd i'r **stafell efo'r balconi.** Roedd hi'n edrych yn **rhyfedd iawn** heb olau o gwbl!'

Brysiodd y plant i fyny'r grisiau. Roedd sŵn y radio'n uchel iawn, a chlustfeiniodd pawb.

'Dacw'r stafell!' bloeddiodd
Dic, a rhedodd at ddrws oedd yn gilagored.
Fflachiodd Dic ei fflachlamp o gwmpas y stafell,
cyn pwyntio'r golau at bentwr yng nghanol y
llawr. Beth yn y byd oedd yno?

Aeth Siôn at y swits golau. Clic!
Llenwodd y stafell â golau, gan ddallu pawb
am eiliad. Roedd sŵn y radio'n fyddarol, a'r
band yn dal i ganu'n llawen.

Ar y llawr **ger y radio gorweddai hen wraig.** Roedd hi'n fusgrell, gyda gwallt llwyd. Roedd hi wedi gwisgo fel petai ar fin mynd allan, a gorweddai ei het yn ei hymyl.

Syllodd y plant mewn braw – *beth yn y byd* oedd wedi digwydd iddi?

O'r diwedd, er mawr ryddhad i'r plant, agorodd yr hen wraig ei llygaid, a chodi ei phen. **'Dŵr!'** crawciodd.

Cyn pen dim, daeth Jo o hyd i'r stafell ymolchi a llenwodd un o'r gwydrau oedd yno â dŵr a dychwelyd i'r stafell wely. Cododd Siôn yr hen wraig ar ei heistedd yn ofalus, a rhoddodd

Jo'r gwydr wrth ei gwefusau sych iddi gael yfed.

Gwenodd yr hen wraig yn wan.

'Rydw i wedi bod mor wirion,' meddai mewn llais blinedig. 'Ro'n i ar fin mynd i lawr y grisiau a **gadael** drwy **ddrws y cefn** pan **lithrais** i. A ...'

Tawelodd am ychydig, a mwythodd Ani ei llaw.

'Rydych chi wedi disgyn a chael codwm, yn do?' meddai Ani. 'Ydech chi wedi brifo?'

'Do ... fy nghlun, mae arna i ofn,' atebodd yr hen wraig. 'Rydw i'n methu'n lân â chodi oddi ar y llawr, felly fedrwn i ddim ffonio am help. A **doedd neb yn y tŷ** – roedd fy nith wedi mynd ...'

'Ac mae'r ddynes sy'n bwydo'r gath yn **fyddar,** felly fyddai hi **ddim wedi'ch clywed chi'n gweiddi!'** meddai Siôn, gan gofio.

'Yn union,' atebodd yr hen wraig. 'Ond mi fedrais gyrraedd y **radio**, ac ro'n i'n gobeithio y **byddai rhywun yn ei glywed** – heddwas yn cadw llygad ar dŷ gwag, efallai.'

'Ydych chi wedi bod yn gorwedd yma ers tro?' holodd Ani'n bryderus.

'Ers pnawn ddoe,' atebodd yr hen wraig. 'Fedrwn i ddim symud modfedd. Rydw i'n falch 'mod i **wedi gwisgo'n gynnes,** yn barod i fynd allan – neu fyddwn i wedi fferru neithiwr, a hithau **mor oer!** Roedd syched arna i hefyd

... dim chwant bwyd o gwbl, ond yn sychedig iawn. **Ew, rydach chi'n blant da,** ac rydw i **mor falch o'ch gweld chi!'**

Diffoddodd Siôn y radio. 'Ble mae'r ffôn?' gofynnodd. 'Mi ffonia i'r **meddyg a'r ambiwlans,** ac mi fyddwch chi'n **saff a chlyd** ymhen dim. **Peidiwch â phoeni!'**

Arhosodd y plant gyda'r hen wraig nes i'r meddyg a'r ambiwlans gyrraedd. Yna, diffoddodd Siôn yr holl oleuadau wrth i bawb adael y tŷ, a chaeodd y drws ar eu holau.

'**Tyrd rŵan, Twm,**' gorchmynnodd Jo. '**Dim mwy o hela cathod i ti!**'

'Be mae Twm yn ei ddweud, Jo?' gofynnodd Ani.

Chwarddodd Jo. 'Mae o'n dweud, *"Paid â dweud hynny, Jo. Petawn i ddim wedi hela'r gath yna, fyddech chi ddim wedi cael y fath antur!"*'

'Mae Twm yn llygad ei le, fel arfer,' meddai Dic. 'Ac os ydi hela cathod yn arwain at achub bywyd, dydw i'n cwyno dim. **Da iawn ti, Twm!**'

Gobeithio eich bod wedi
mwynhau'r stori fer yma.

Os ydych chi am ddarllen mwy am
helyntion y PUMP PRYSUR yna
ewch i atebol.com am fwy o
wybodaeth am y teitlau diweddaraf.